孙子兵法

第二十册

上海人民美术出版社
浙江人民美术出版社

目 录

虚实篇 · 第二十册

战 例

朱桓以寡敌众斗曹仁

编文：冯元魁

绘画：叶　雄　徐研儒　孙继海

原　文　敌虽众，可使无斗。

译　文　敌军虽多，可以使它无法同我较量。

1. 三国时代，东吴黄武元年（公元 222 年）九月，吴国前哨阵地濡须（今安徽巢县附近）守将朱桓得到密报，魏文帝曹丕已派大司马曹仁，率步骑数万进攻吴国。

2. 朱桓，字休穆，是孙权的亲信将领。他多智善战，屡立战功，任裨将军，封新城亭侯。濡须是魏军南下必经之路，朱桓从容地进行作战准备。

3. 曹仁早知朱桓智勇双全，为了迷惑吴军，故意扬言要攻取濡须以东的羡溪。

4. 朱桓探知这个消息，唯恐羡溪有失，失去互援，即分兵奔赴羡溪增援。

5. 曹仁得知朱桓分兵驰援羡溪，大喜，立即令大军奔袭濡须。

6. 此时，濡须城中仅有守军五千，魏军骤然而至，朱桓要调回增援羡溪的军队为时已晚，诸将均有惧色。

7. 只有朱桓仍然沉着镇定，谈笑风生。他一面派人去追还部队，同时对部将说："从来两军交战，胜负不在兵力多寡，而在将领的指挥是否得当。"

8．朱桓又分析道："曹仁本人既无韬略，部下士卒又惧怕打仗，况且千里跋涉，人马疲困，而我军据守坚城，以逸待劳，以主制客，这是百战百胜的形势，就是曹丕亲来，也没有什么担忧的，更何况是曹仁这个无能之辈呢！"

9. 朱桓的一番话，说得众部将频频点头，惧意全消。随后，朱桓令全军偃旗息鼓，示弱惑敌。

10. 这时，曹仁派遣他的儿子曹泰率兵攻濡须城；为牵制朱桓，又令大将常雕、王双另率一支人马，乘油船袭击吴军家属居住的中洲。

11. 曹仁自己则坐镇橐皋（今安徽巢县西北柘皋镇），以作后备。

12. 曹泰率部队到了濡须城外，只见城头偃旗息鼓，仿佛一座空城，以为吴军已无力防守，不攻可破，本已疲惫的部队，顿时斗志松懈。

13. 曹泰刚传令攻城，突然听得一声炮响，濡须城头，战鼓齐鸣，喊声震天，矢石滚木从城头落下，懈怠的魏军顿时乱了阵脚，死伤惨重。

14. 与此同时，朱桓亲自率领一支精兵，杀出城来，人人奋勇争先，锐不可当。魏军大乱，死伤惨重。朱桓烧了魏军的营房，大胜而回。

15. 朱桓的部将也向常雕、王双等部发动进攻，一战而胜。杀了常雕，生擒王双，魏军被杀或淹死河中的达千余人。

16. 曹泰和诸葛虔带两路残兵败将，返回橐皋大营。曹仁见朱桓善于用兵，已方损失惨重，只得撤军。

17. 吴王孙权闻报，大喜，对左右说道：“朱桓临危不乱，以少胜多，正如孙子所云，‘敌虽众，可使无斗’，真是善于用兵者！”

18. 吴王下诏嘉奖，封朱桓为嘉兴侯，升迁为奋武将军，领彭城相。

战例

张巡深谋巧计击叛军

编文：冯　良

绘画：盛元龙 励　钊

原　文　形兵之极，至于无形；无形，则深间不能窥，智者不能谋。

译　文　伪装佯动做到最好的地步，就看不出形迹；看不出形迹，即便有深藏的间谍也窥察不到我军底细，聪明的敌人也想不出对付我军的办法。

1. 唐玄宗天宝十四年（公元 755 年）十一月，安禄山于范阳（今北京附近）发兵叛唐，不久，便南下攻陷东京洛阳。次年一月，叛军张通晤部攻陷宋州（今河南商丘、山东单县一带）。叛军所到之处，大肆杀掠，给百姓带来巨大灾难。

2. 单父（今山东单县）尉贾贲率吏民南击张通晤叛军，斩杀张通晤，然后引兵二千向雍丘（今河南杞县）进发。

3. 这时，唐谯郡（今安徽亳县一带）太守杨万石投降安禄山叛军，他以任命长史为诱饵，要真源县（今河南鹿邑东）县令张巡投降，并迎接叛军。

4. 张巡拒绝叛唐，率官吏到真源县的玄元皇帝（唐代对老子李耳的尊号）庙祭拜后，带领精兵一千也向雍丘进发，打算与贾贲会合讨伐叛军。

5. 原雍丘县县令令狐潮已投降叛军，叛军派他出兵攻打官兵。

6. 令狐潮十分卖力，俘虏了百余官兵捆绑囚禁在雍丘，然后离县去叛军军营谒见上司，以便回县后对这批俘虏行刑。

7. 贾贲乘此机会率兵进入雍丘。被囚禁的俘虏互相解开绑缚，杀掉看守，迎接贾贲。

8. 不久，张巡的兵马也来到雍丘。令狐潮闻得老窝被人占领，急引精兵攻打雍丘城。

9. 贾贲领兵出战，竟被令狐潮叛军所杀。

10. 张巡带领精兵一千，并兼领贾责人马，力战令狐潮叛军。待叛军稍退，张巡即率军回城闭门坚守。

11. 数天后，令狐潮调动四万人马包围了雍丘。

12. 张巡召集将吏，告诫说："叛军强悍，轻视我城中力量，须出其不意加以打击，使其惊溃。叛军受了挫折，我军就可守住雍丘。"

13. 于是，张巡留千人守城，亲自率一千精锐，分数队开城门冲出。张巡身先士卒，直冲敌阵，叛军缺乏准备，惊慌后退。

14．第二天，叛军来攻城。令狐潮指挥士兵用云梯攀城。张巡已作准备，士兵们将浇灌油脂的草束点燃后掷下城来，攀城叛军被烧死烧伤很多。

15. 在守军中，有六名不带职的闲散官员惊慌惧死，在军中议论：“敌军四万，守军仅二千，而且皇上如今生死不明，还不如出降为妥。”张巡听了，不动声色。

16. 翌日，张巡在大堂上悬挂了唐玄宗画像，率领官吏们朝拜，然后严词谴责那六名散播投降言论的官员，推出斩首。将士们誓死守城的意志更坚了。

17. 此后每隔两三天，张巡凡得悉对方有隙可乘，就突然出兵攻击；或在深夜从城上缒下一批勇士冲杀敌营，使叛军提心吊胆，惊慌失措。这样坚持守城六十多天。

18. 这天，张巡得到消息：令狐潮为叛军筹集的几百船大米、食盐已运到雍丘附近。张巡遂于夜间在城南设防，引诱敌人来攻。令狐潮果然以为张巡想突围，集中大批人马来战，但都被守城将士密集的箭矢射退了。

19．与此同时，张巡却派勇士潜往河边夺取叛军粮、盐千石，将其余的船只放火烧尽，胜利返回雍丘城。

20. 这一夜战斗，粮盐充实了，但城中箭矢消耗殆尽。张巡召将吏商议道："箭矢不足，可令士兵们扎些草人，裹上黑衣，深夜缒下城去，以引敌军射箭……"将吏们齐声称善。

21. 很快，一千多个草人扎成。当夜月色朦胧，就用绳子将草人陆续坠下城去。叛军士兵见城上有很多人下来，争先恐后地射箭。

22. 射了很久，不见对方的中箭军士有任何喊叫声，而且一批刚拉上城去，另一批又坠下来了，这才发觉是草人。

23. 张巡的将士将浑身是箭的草人收回，得箭十余万支。将士们兴奋异常，士气更足。

24. 第二天深夜，张巡坠放身穿甲胄、外罩黑衣的士兵下城，叛军认为又是草人，哄笑起来。连续数夜都是如此。

25. 一日，张巡派勇士五百名乘夜色坠下城去。五百勇士很快杀入令狐潮军营，叛军毫无准备，顿时大乱。

26. 不久，四处营房起火，叛军不知来了多少官军，纷纷溃退。张巡见敌营火势冲天，率军出城追杀十余里，叛军伤亡惨重。雍丘守军声威大振。

战例

毕再遇应形无穷撤全军

编文：林洁莲

绘画：盛元富　玫　真施　晔

原　文　因形而措胜于众，众不能知；人皆知我所胜之形，而莫知吾所以制胜之形。故其战胜不复，而应形于无穷。

译　文　根据敌情变化而灵活运用战术，即使把胜利摆在众人面前，众人还是看不出其中奥妙。人们只知道我用来战胜敌人的方法，但是不知道我是怎样运用这些方法出奇制胜的。所以每次战胜，都不是重复老一套的方式，而是适应不同的情况，变化无穷。

1. 南宋开禧二年（公元 1206 年）四月，毕再遇、陈孝庆攻克泗州，诸路军也取得了战果，权臣韩侂胄大喜之余，请皇帝下诏，兴兵伐金。

2. 但是出师不利，马军司统制田俊迈、池州副都统郭倬先后围攻宿州（今安徽宿州），皆失利，全军溃退。郭倬偷偷将田俊迈缚送金军，才免于被金军追杀。

3. 殿帅郭倪命毕再遇攻取徐州。毕再遇率领四百八十七名骑兵为先锋往徐州，在虹县（今安徽泗县）遇到从宿州逃回的郭倬残军。郭倬对他说："我军出师不利，统制田俊迈已被敌军俘去。"

4. 毕再遇并不因此而停止不前，相反，他督促骑兵疾驰前进，直抵灵璧（今安徽灵璧）。

5. 在灵璧，毕再遇和驻扎在凤凰山的陈孝庆相遇。陈孝庆因宿州兵败，孤掌难鸣，正准备撤军南下。

6. 毕再遇大义凛然地说："宿州虽不胜，但胜负是兵家常事，怎能自挫锐气？我奉命进攻徐州，即使会战死，也要死在此城的北门外，决不愿战死在南门！"

7. 正说着，陈孝庆接到殿帅郭倪要他班师的命令。毕再遇说："郭倬军溃败后，金乘胜追击。我愿以自己的骑兵守御此城。"

8. 不出所料，毕再遇的部队才准备就绪，城北门外已是黄尘遮日，马嘶人喊，金军五千余骑，兵分两路，急驰而来。

9. 毕再遇命二十名敢死士兵守灵壁北门，自己率其余骑兵冲入敌阵，奋勇拼杀。

10. 金军见到毕再遇的大旗，又亲见他的勇猛无敌，大叫道："毕将军来了，快走！"纷纷逃遁。

11. 宋军乘胜追击，毕再遇手挥双刀，追杀了三十里，杀敌甚多，战袍为血所染红。

12. 有一个金军将领手持双锏，跃马冲向毕再遇。毕再遇拍马上前，大吼一声，左手以刀挡他双锏，右手挥刀将他斩于马下。

13. 毕再遇大胜而回。其他各路兵马都经过灵璧向南撤退，只有毕再遇的骑兵，在灵璧城中驻守不动。

14. 待其他各路兵马约撤离灵璧三十余里地时，毕再遇方命将士点燃柴草，焚烧灵璧城。

15. 手下的将士不解，问道：“你晚上不下令放火，却在大白天放火，这是为什么？”毕再遇道：“兵易进而难退，这正是我撤军前的计谋。”

16. 毕再遇继续说:“夜里放火，容易让敌人发现我军的虚实，白天焚烧，烟雾迷漫，反而会掩护我军的撤退。”将士们无不点头信服。

17. 金兵见灵璧城中烟雾不息，不知虚实，果然不敢进军。等到烟火熄灭，冲进城中，眼前早已是一座空城。

18. 这一场战争，各路兵马均失利，唯毕再遇打赢了一仗，并安全撤军到泗州。朝廷论功行赏，升他为左骁卫将军。

战例

徐达避实击虚捣太原

编文：王晓秋

绘画：黄小金 王 惠 静 兰

原　文　兵之胜，避实而击虚。

译　文　用兵取胜的关键，是避开敌人坚实的地方而攻击敌人的弱点。

1. 明洪武元年（公元 1368 年），大将军徐达、常遇春奉命率军北上，攻击元军。根据明太祖朱元璋由临清而北、直捣元都的旨意，两人精心筹划，挥师挺进，所向披靡。闰七月，攻克通州，逼近元大都（今北京）。

2. 元顺帝见大势已去，无力抵御，便慌忙带领一部人马和后妃、太子等逃出京城,奔往开平（今内蒙古多伦西北）。徐达等顺利地攻占了元大都。

3. 明太祖朱元璋得到捷报后，下诏改大都为北平府，指派都督孙兴祖驻守北平，命徐达、常遇春等大将率主力继续向山西进军。

4. 这年九月，明大将军常遇春夺取保定、真定（今河北石家庄北面的正定）。

5. 十月，明将冯宗异、汤和由河南渡过黄河北进，攻克武陟，取怀庆（今河南沁阳），进入山西，又攻克泽州（今山西晋城）、潞州（今山西长治）。元军节节败退。

6. 在明军胜利进军、势如破竹的形势下，元太原守将扩廓帖木儿（又称王保保）却出其不意，出兵大败汤和率领的明军。

7. 扩廓帖木儿乘胜率军出雁门关（在今山西代县北部），企图入居庸关（在今北京昌平西北），进袭北平。

8. 徐达得悉扩廓帖木儿在不利的形势下，能大败汤和，进军北平，十分警惕。是继续进军山西还是回师保卫北平，必须审时度势，慎重抉择。徐达在帐内来回踱步，苦苦思索。

9. 徐达想到古人曾围魏救赵，决定仿效，来个以攻制攻，避实击虚。主意已定，遂召集诸将前来商议。

10. 部将聚集帐前，徐达就敌我双方形势分析说：“扩廓帖木儿远出，太原必然空虚；北平有孙兴祖都督驻守，可保万全。今应乘敌不备，以攻制攻，直捣太原，倾其巢穴，使敌进无可战，退无所守，此乃避实击虚之策。”

11. 见部将认真地在思考，徐达又说：“倘若扩廓帖木儿还军救太原，其路程相距甚远，必在我军到达之后。我军以逸待劳，占据有利地形，可一攻而胜。”众将都点头称是。

12. 商议已定，徐达遂率领骑兵迅速向太原进军。

13. 扩廓帖木儿兵至保安（今河北涿鹿），闻报明军直趋太原的消息，十分担忧。

14. 扩廓帖木儿害怕失去太原，立即下令回师救援，向太原疾驰。

15. 元军到达太原附近，遭到明军阻截。扩廓帖木儿下令部队就地安营，待摸清情况，再作计议。

16. 这时，常遇春向徐达建议说：“我军只是骑兵到此，步兵尚未跟上，如果立即正面交战，敌众我寡，必然造成很大伤亡。可夜袭元军营寨，打他个措手不及。”徐达点头赞成。

17. 正筹划间，部下报告:“扩廓部将豁鼻马派人前来约降，并愿作内应。”

18. 徐达与常遇春等将分析：目前扩廓孤军奋战，陷于困境，进退维谷。豁鼻马的请降估计是真降。于是，派人去同豁鼻马取得联系。

19. 这夜，天气阴暗，薄云四布，徐达派一部分轻骑乘夜色间道潜行，悄悄地包围了扩廓帖木儿的营地。

20. 只见敌营内一队人马悄悄出来，接上暗号，引着明军，扑向主营。

21. 天已二更，扩廓帖木儿正独坐军帐，考虑如何摆脱明军阻击，回师太原。忽然，帐外人喊马嘶，杀声震耳。

22. 他急忙起身一看，只见军营中火光冲天，一派混乱，大队明军如天兵天将，冲入军营。

23. 扩廓帖木儿没料到明军夜袭，手足无措，不知如何是好。

24. 仓促间，他跳上一匹瘦马，带着十八名亲随拼死杀开一条血路，往北逃命。

25．元将豁鼻马为向明军邀功，带兵来抓扩廓帖木儿，只见帐内空空，只恨来迟一步。

26. 豁鼻马即率部四万余人向明军投降。

27. 徐达命令部队乘胜进击，兵临太原城下。

28. 太原城内守军不多，十分空虚。明大军压境，来势凶猛。元军不战自溃，弃城而逃。

29. 徐达率军长驱直入，如入无人之境。太原遂为明军占领。

30. 徐达攻占太原后，又乘胜进击各州县。山西全被平定。

战例

朱棣因敌作势战鞑靼

编文：林洁莲

绘画：盛元富 玫 真 施 晔

原　文　能因敌变化而取胜者，谓之神。

译　文　能够根据敌情变化而取胜的，就叫做用兵如神。

1. 元王朝灭亡以后，北逃的蒙古贵族分裂为鞑靼和瓦剌等部。鞑靼是明朝初年北部边防主要对手。燕王朱棣取得了明朝统治权后，遣使通好，以求得边境的安定。

2．永乐七年（公元 1409 年），朱棣派特使郭骥携带钱币财物，前往鞑靼修好。鞑靼可汗本雅失里仍然企图恢复元朝统治，竟杀死郭骥，并驱使部众南下侵扰。

3. 朱棣决定进军漠北，征讨鞑靼，命淇国公丘福为征虏大将军，率精骑十万出征。由于丘福轻敌冒进，致使前锋部队被围歼，后续部队不战而逃还。

4. 朱棣闻报后异常震怒，决意率兵亲征。经过近半年的充分准备，于次年二月，朱棣率五十万大军，浩浩荡荡北征鞑靼。

5. 大军一路风餐露宿，行军半月，到达兴和（今河北张北），明军休整十余日后，继续北进。

6. 五月初，明军到达胪朐河（今蒙古克鲁伦河）中游南岸，朱棣得知鞑靼内部分裂，本雅失里率众西逃，知院阿鲁台东走远避。

7. 这里就是去年丘福因冒进而兵败身亡的地方。朱棣分析敌情后，决定集中兵力，各个击破，先追击本雅失里。

8. 骑探来报，本雅失里已西逃到兀古儿扎河（今蒙古乌勒吉河），朱棣担心大军追击，行动较慢，敌人又会北遁。于是，留下辎重，亲自率两万轻骑，携二十日干粮急追。

9. 十余日到达兀古儿扎河，但本雅失里已经北逃。朱棣不作休整，率部队昼夜疾进。

10. 终于在斡难河（今鄂嫩河）南岸，将本雅失里追上。朱棣登高瞭望，未见伏兵，高呼一声，挥师出击。

11. 本雅失里见已无法逃脱，只好仓促应战。鞑靼兵尚未列好阵，明军已杀到。

12. 明军拼死奋战，鞑靼兵抵敌不住，本雅失里不由胆怯，纵马脱逃。

13. 鞑靼兵一见主帅逃跑，斗志顿失，跟着北逃，朱棣乘势挥军追击，鞑靼全军溃败，被俘无数。本雅失里仅余七骑渡河脱逃。

14. 朱棣下令将所获人口全部释放，分给他们粮食、牲畜，并招降余众加以安抚。

15. 明军返回胪朐河营地稍作休整后，朱棣命骑兵沿胪朐河东进，乘胜进攻阿鲁台。

16. 六月初，明军抵达斡难河东北方向的飞云壑。骑探来报：阿鲁台部隐匿在前面的山谷中。

17．朱棣亲率数十骑登高观察地形，然后指挥部队越山。大军结阵而行，左右相距数十里，向阿鲁台部进逼。

18. 阿鲁台得悉本雅失里部被歼灭，自己又被追上，无法逃脱，十分惧怕，就派使向朱棣求降。

19. 朱棣恐其有诈，命诸将严阵以待，不得松懈，同时派出哨骑侦知虚实。

20. 不久，骑探报知：阿鲁台的部将主降主战意见不一，阿鲁台也因此而犹豫不决。朱棣认为，这正是决战取胜的良机，当即遣数百骑兵前往挑战。

21. 当阿鲁台出营迎战时，朱棣亲率精骑千余直冲鞑靼营地，鞑靼军大败，死伤甚众。

22. 阿鲁台携家眷和余部仓皇北逃。明军乘胜追击百余里，又击毙鞑靼诸王以下百数人。时值炎夏，明军缺粮缺水，朱棣便下令停止追击，凯旋回京。

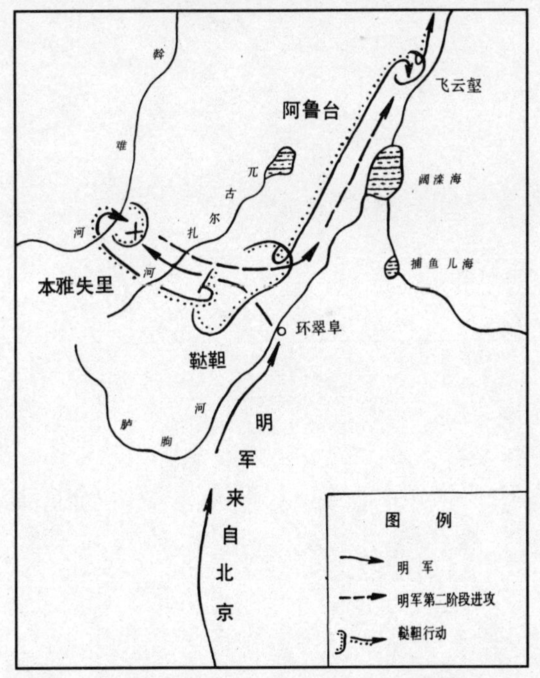

朱棣第一次出击胪朐河、斡难河之战示意图

孙 子 兵 法

SUN ZI BING FA